LEO Y RIMO

Un libro de El Semillero de Crabtree

El Capitán Valderrama
La batalla de los piratas por irse a la cama

Sebastian Smith
y Santiago Ochoa

CRABTREE
PUBLISHING COMPANY
WWW.CRABTREEBOOKS.COM

En un viaje largo y prolongado
por un mar peligroso y agitado,
navegaba un capitán tan agrio y rudo
como un cuchillo afilado y puntiagudo.

Su apellido era Valderrama,
pero sus hombres le decían «Mario»,
tenía una pierna de madera,
un parche en el ojo y un garfio.

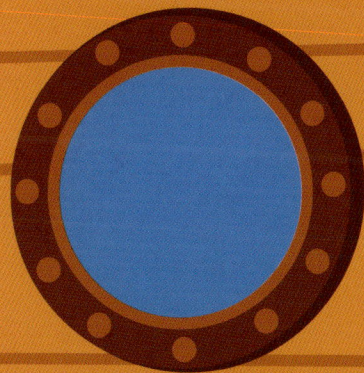

El trabajo era duro
y los días veloces pasaban.

Los piratas se esforzaban por tener un viaje agradable y seguro.

7

Hacían saqueos,

y muchos puertos asaltaban.

A todos los barcos atacaban,

pero los asustaban las criaturas

que debajo del mar acechaban.

El capitán ordenó a sus hombres
que levantaran el ancla
y pusieran viento en vela.
«Es hora de volver a casa.
Tengan mucho cuidado
¡con esa temible ballena!».

Un pirata que estaba en el bauprés
logró ver la cola de aquel enorme pez.
Los hombres fueron instruidos
para atarla,
pero pasaron la soga al revés.

Navegaron viento en popa por el mar,
oyeron un fuerte viento silbar.

Y vieron muy cerca a una temible
criatura nadar.

Era nada más y nada menos que
un enorme calamar.

El capitán ordenó a los piratas usar cañones y cualquier arma, pero aquella terrible criatura por poco a todos desarma.

Siguieron navegando a toda vela,
pues todos a sus casas querían llegar,
y después de tantos peligros
y aventuras,
en sus suaves camas
pretendían descansar.

Pero sus problemas estaban lejos de terminar, y tuvieron que armarse de valor para luchar.

Pues del agua salieron monstruosos piratas que pronto los habrían de atacar.

Con espadas en sus manos
y el miedo en sus ojos,
el capitán gritó «Atáquenlos»,
y pronto los monstruos
quedaron convertidos en despojos.

Habían vencido a todas las criaturas
que no los dejaban descansar.
Fueron sus últimas aventuras,
y pronto se hicieron de nuevo a la mar.

Tres hurras por Mario,

un gran capitán y un temible corsario.

Los llevó sanos y salvos a sus casas y camas,

donde durmieron como en un balneario.

«¡Buenas noches, mercenarios!

¡Aaaarrrrgggghghh!».

Apoyos de la escuela a los hogares para cuidadores y maestros

Los libros de El Semillero de Crabtree ayudan a los niños a crecer al permitirles practicar la lectura. Las siguientes son algunas preguntas de guía que ayudan a los lectores a construir sus habilidades de comprensión. Algunas posibles respuestas están incluidas.

Antes de leer:

- **¿De qué piensas que tratará este libro?** Pienso que este libro cuenta la historia de unos piratas que se quieren ir a dormir.

- **¿Qué quiero aprender sobre este tema?** Quiero saber qué tipos de batallas pelearon los piratas del cuento. ¿Pelean contra un calamar como el que aparece en la tapa?

Durante la lectura:

- **Me pregunto por qué...** Me pregunto por qué le dicen «Mario» al capitán Valderrama.

- **¿Qué he aprendido hasta ahora?** Aprendí que los piratas del cuento lucharon contra otros piratas, creaturas marinas ¡y esqueletos piratas!

Después de leer:

- **¿Qué detalles aprendí de este tema?** Aprendí que los piratas enfrentan muchos retos y trabajan duro para superarlos.

- **Anota las palabras que no conozcas y haz preguntas para ayudarte a entender su significado.** Veo la palabra _viaje_ en la página 2. Las palabras «largo» y «prolongado» describen la palabra «viaje». ¿Se trata de una aventura? También me pregunto por la palabra _bauprés_ en la página 12. ¿Qué significa?

Library and Archives Canada Cataloguing in Publication

Available at the Library and Archives Canada

Library of Congress Cataloging-in-Publication Data

Available at the Library of Congress

Crabtree Publishing Company

www.crabtreebooks.com   1–800–387–7650

Print book version produced jointly with Blue Door Education in 2021

Author: Sebastian Smith
Production coordinator and prepress technician: Katherine Berti
Print coordinator: Katherine Berti
Translation and adaptation into Spanish: Santiago Ochoa
Edition in Spanish: Base Tres

Illustrations: Cover: background illustration including ship © Vladislav Kudoyarov, pirate in the crow's nest © Meilun, squid © escova, Big aka Captain Blarney throughout book © Armation; pages 2-3, 6-7 © Vladislav Kudoyarov; pages 4-5 © cannon; pages 8-9 and 10-11 ocean © revoltan, sea creatures © escobar; pages 12-13 ocean and ship © Vladislav Kudoyarov, pirate in the crow's nest © Meilun, pages 14-15 ocean and ship © Vladislav Kudoyarov, squid © escova; pages 16-17 ship deuce © cannon, actual cannon and cannonball © Maciej Es; pages 18-19 © Vladislav Kudoyarov; pages 20-21 ship deuce © cannon, skeletons © Klara Viskova; pages 24-25 © leric; pages 26-27 © dip; back cover © Vladislav Kudoyarov, Big © Armation   All illustrations from Shutterstock.com

Printed in the U.S.A./022021/CG20201215

Published in Canada
Crabtree Publishing
616 Welland Ave.
St. Catharines, Ontario
L2M 5V6

Published in the United States
Crabtree Publishing
347 Fifth Ave.
Suite 1402-145
New York, NY 10016

Published in the United Kingdom
Crabtree Publishing
Maritime House
Basin Road North, Hove
BN41 1WR

Published in Australia
Crabtree Publishing
Unit 3 – 5 Currumbin Court
Capalaba
QLD 4157